作者介紹｜張輝誠

臺灣師大文學博士，曾任臺北市中山女中教師，文學作家，作品曾獲時報文學獎、梁實秋文學獎。曾獲教育部教學卓越獎金質獎，2013 年 9 月開始提倡「學思達教學法」，是臺灣教育圈「隨時開放教室」第一人。

關於學思達

曾任教於臺灣中山女中的張輝誠老師以十多年的時間自創「學思達」教學法，讓課堂成為有效教學的場域，真正訓練學生自「學」、閱讀、「思」考、討論、分析、歸納、表「達」、寫作等一生受用的能力。
臉書「學思達教學社群」目前已有五萬兩千名老師、家長、學生、學者每天進行專業教學討論；「學思達教學法分享平台」(ShareClass) 打破校際藩籬，共享學思達教學講義；三十餘位學思達核心講師群團隊，在全臺灣各地辦理演講、工作坊，分享學思達教學法，更受邀至各地分享經驗，為華人世界的教育革新寫下新頁。

學思達小學堂 2

都是我的！

文｜張輝誠
圖｜李小逸

責任編輯｜陳毓書　特約編輯｜游嘉惠　特約美術設計｜蕭旭芳
行銷企劃｜陳詩茵、吳函臻
天下雜誌群創辦人｜殷允芃　董事長兼執行長｜何琦瑜
媒體暨產品事業群
總經理｜游玉雪　副總經理｜林彥傑
總編輯｜林欣靜　資深主編｜蔡忠琦　版權主任｜何晨瑋、黃微真
出版者｜親子天下股份有限公司
地址｜台北市 104 建國北路一段 96 號 4 樓
電話｜（02）2509-2800　傳真｜（02）2509-2462
網址｜www.parenting.com.tw
讀者服務專線｜（02）2662-0332　週一～週五：09:00~17:30
讀者服務傳真｜（02）2662-6048　客服信箱｜parenting@cw.com.tw
法律顧問｜台英國際商務法律事務所．羅明通律師

製版印刷｜中原造像股份有限公司
總經銷｜大和圖書有限公司 電話：（02）8990-2588
出版日期｜2018 年 9 月第一版第一次印行
2023 年 4 月第一版第十四次印行
定價｜300 元　書號｜BKKP0223P
ISBN｜978-957-503-013-1（精裝）

訂購服務
親子天下 Shopping｜shopping.parenting.com.tw
海外．大量訂購｜parenting@cw.com.tw
書香花園｜台北市建國北路二段 6 巷 11 號
電話｜（02）2506-1635
劃撥帳號｜50331356 親子天下股份有限公司
www.parenting.com.tw

學思達小學堂
教學影音

都是我的！

文 張輝誠　圖 李小逸

我是我們家唯一的小孩。

我有自己的房間。
可愛的床，是我的。
衣架上的衣服，是我的。
書桌上的彩色筆、鉛筆、橡皮擦，
都是我的。

爸爸和媽媽很愛我，
他們也都是我的。

直到有一天，
爸爸和媽媽跟我說：

「小安，你就快要有
一個弟弟可以陪你了。」

爸爸、媽媽看起來很開心，
可是我不開心。

弟弟出生後，爸爸說：
「小安的舊衣服剛好可以給弟弟穿。」

這是我的房間！
裡面的東西都是我的！

弟弟亂抓我的玩具，
我搶回來，媽媽跑過來，
說：「小安，玩具要分享給弟弟玩喔。」

這是我的玩具！
都是我的！

弟弟爬上椅子和書桌，抓起我的筆、亂畫我的書、撕下我的畫，還亂畫我的牆壁。

弟弟跟我搶占客廳、
搶喝冰箱的飲料、
搶看電視節目。

我的房間再也不是我一個人的了。

衣架上的衣服，是我和弟弟的。
書桌上的各種文具，是我和弟弟的。
書架上的書，是我和弟弟的。
塞滿每一個抽屜、每個箱子的玩具，也都是我和弟弟的。

爸爸、媽媽常常跟我說：
「小安是哥哥，
要照顧弟弟，要愛弟弟。」

我漸漸覺得爸爸和媽媽偏心。

有一次，

媽媽帶我和弟弟去公園溜滑梯，

草叢裡衝出一條黑色流浪狗，

追著弟弟，不停吠叫。

弟弟被流浪狗嚇到，
身子一歪，
差點滾下去。

弟弟緊緊捉著我，我也緊緊抱住他。

流浪狗被趕跑了。
那時候，弟弟的頭緊緊靠著我，
我有一種奇妙的感覺。

弟弟生病了，

爸爸和媽媽帶弟弟去看醫生。

我一個人在客廳玩。

一個人喝飲料、一個人看電視，

家裡突然變得好安靜。

過了一段時間，我也生病了，
爸爸和媽媽一直陪著我、
照顧我，
弟弟也擔心的看著我。
我才發現，
爸爸和媽媽愛弟弟，
也愛我。

爸爸和媽媽
是我和弟弟的。

雖然越來越多東西不再都是我的，
但我和弟弟一起擁有這些東西時，
他很開心，我也很開心。

現在，我是哥哥了，我很愛我的弟弟。